［俳句とエッセー］

世界一の妻

らふ亜沙弥

創風社出版

俳句とエッセー　世界一の妻

目次

野アザミ

すぐ解けてしまいなさいよ名残雪

野アザミの一方的に生きている

花ミモザ今夜おいでよ吸血鬼

同情はまっぴらごめん梅雨茸
白魚や静かに苛苛しています
別れましょ白粉花が邪魔でした

堕落ってむずかしいのよ水蜜桃
柿喰えばウエストあたりが性感帯
山ぶどう食べてもいいけど惚れちゃうよ

ピオーネの皮がおいしい別れ際
浅草の砂糖でくるむ師走かな
鬼やらい生まれかわっても女

 野アザミ

世界一の妻やってます心太

私の俳句生活　―小さな紙―

平成十三年四月二七日、鎌倉の結社に句会の見学を希望したところ、当日の朝電話で「五七五で何でもいいから俳句を三句作ってきなさい」といわれた。俳句が解らないから見学したかったのに、ひどい先生だと腹立たしかったが、丁度この頃、友人のカメラマンのK氏がパリに戻ったこともあり、

さびしさをさびし気にいう男パリに発ち

を小さな紙（短冊）に書いた。十四、五人の句会だった。勿論皆さん無視され、ざわざわと季語が何とかかんとか、それでも私は見学なのだからと平静を装った。最後に正面の先生の批評が始まり「季語が無くてもこれは立派な俳句ですよ、パリがいいですね」と○をいただいた。この年の九月に金子兜太先生を講師に長

瀞一泊吟行会があり、誘われるまま参加した。

女抱く羅漢もいたり赤とんぼ

この句が金子先生と選者の先生二名の選をいただいた。当時はなぜこの句がいいのか理解できずに、ただ喜んでいただけだった。金子兜太先生の結社「海程」のことも知らなかった。

平成十四年四月

約束は桜の下のことであり

平成十五年四月

月朧右の足から鬼となり

平成十六年四月

揺れるたび女つかまる春の月

平成十七年一月「海程」東京例会初参加

梟や女のうしろで歯を磨く
平成十七年四月
お蚕のむにゅむにゅむにゅと縮むかな
平成十八年四月
春愁やもっと右だといったのに
平成十九年四月
何もしていないのに石楠花に雨
平成二〇年四月
人肌のホットケーキだ鳥交る

そういえば、初めての句会で「なぜ俳句を？」とたずねられ、とっさに「日記が面倒になり、俳句なら簡単でいいかな」と答えた。また、自己紹介された先輩たちの名前が妙に若若しく、これは芸名（俳号）に違いないと自分でも名乗ってみた。

「あのう、私、らふ亜沙弥という名でお願いします」

この日から私は「らふ亜沙弥」になったのでした。
七年間の句を見ると、日記より生生しくあの日あの時あの人が思い出される。
たった十七文字なのに。
これから先何年続くのだろうか、私の俳句生活。

ほぼ性格の不一致

初春や集団見合いに烏鳴く

黒豆や母の生き方控え目で

元彼は自警団なり初日の出

蕗の薹夫に五人の男友達
息子とは親子の関係沈丁花
啓蟄やほぼ性格の不一致

春の宵どうってことのない男

二対二の関係すでに桐の花

切れ切れとしつこい男毛虫焼く

蝿取り紙に左半身麻痺残る

青蜥蜴だまっていれば事がすむ

花柘榴一日おきの夫孝行

秋雨やマシュマロみたいな意地悪さ

通草硬し忘れたころの肉離れ

鰯雲尿管結石移動中

観念の顔みなおなじ実むらさき

柿落葉隣りから覗く平凡

ひとりでは冬眠できぬ人といる

日向ぼこ母の隣りの父の前

もらった遺伝子

ハリウッドの女優が遺伝子検査の結果、予防的乳房切除をしたと大々的なニュースがあったのは一年前だった。私の母方の親類には肺がん、喉頭がん、乳がんとそろっており、極め付きは母の白血病だ。それまでがんのことなど考えもしなかったが、そろそろ母が入院した年に近づいたこともあり、他人事ではすまないと、がんになったらさて私はどうしようかしら、顔やスタイルが売り物でもないし、がんを抱えたまま果たして何年生きながらえるのだろうか。母の抗がん剤治療を数年間見てしまった経験は忘れられず、完治したときに三回も天国のきれいな花園に近づいたと聞かされたこともあり、単純な私も迷いに迷う。肺がんの祖父、喉頭がんの叔父はがんで死んだが叔母と母は健在だ。がんの遺伝子ももらってはいるががんに負けなかった叔母や母の生命力ももらっていることに気づいた。もし私ががんになったらなってしまった時にあれこれ考えてもいいなと思うことにした。

じゅげむ

夜中の三時頃だったか、実家の母から弱弱しい声で電話があった。もしや透析中の父が……落ち着け落ち着けと自分に言い聞かせながら、母の震える声を一語一語聞きもらさぬようにと受話器を耳に押しつけた。

母の話によると背中が痛くて眠れないと。理由を尋ねると階段から落ちたと言うのだ。兎に角、実家に走った。車中、動転しながらも階段から落ちる理由を考えてみたが、両親のみの家で夜中に何故二階になど行ったのだろうか、不思議としか思えなかった。

救急センターのレントゲンフィルムを見せられて「あっー」と思わず声が出てしまった。みごとに肋骨三本きれいに離れていた。肋骨の骨折はこれといって治療法がなく、自宅で安静にとのことで湿布薬をもらい、暁の中帰宅。落ち着いたのか母がぽつりぽつり語りだした。

じゅげむ（通い猫の名）が近所の猫にいじめられている声がして玄関の玉石を取り、相手の猫に投げようとしたら、階段（玄関から門までの十数段の石の階段）から落ちたのよ、八つ手に掴まったまでは覚えているんだけど。

階段脇の柘植が頭の形に窪んでいた。

階段を落ちる寸前月つかむ

父はもういない

長男が結婚して七年目頃だったか、嫁がひどく興奮して「おかあさん、ひどいわ。おばあちゃんの手のこと教えてくれなかったのね、T（長男）からも何も聞いてないわ」とわざわざ電話をかけてきた。結婚前の三年間も足しげく我が家に通っていたのに、知らなかったんだ。と逆に不思議だった。

私が四歳の頃、両親は鹿児島の実家に私を預け、上京した。一日も早く私を呼び寄せ三人で暮らせるようにと二人で必死に働いていた。

昭和二十九年九月九日、母は会社の機械に左手を挟んでしまった。当時、新しい機械だったこと、上司がうろたえ停止ボタンを押せなかったこと、今のように医療が発達していなかったことなどが原因で、母の左手はこの日に消えてしまったのである。

叔母が私に聞かせた原因の第一は、「私のことばかり考えて、一瞬の気の緩みがあった」とのこと。大人になるまでに何百回も聞かされた。

母の退院を待って、私は叔母に連れられ上京した。叔母も一緒の四人暮らしが一年続いたらしい。不思議なほどこの辺のことは全く記憶にないのである。

母は誰を恨むことも無く、弱音も吐かずに、家では着物で過ごす父の浴衣から私の服まで手作りだった。おさんどんも私には嫁に行くまで一切何もさせなかった。

昭和三十六年の夏、横浜に引っ越し、不動産業を始めたが、殆ど母の才覚で成功していった。我が家では改めて母の左手を気にする者など誰もいなかったのである。

唯、父が亡くなったとたん、母は左手を失ったように見える。

離婚したから

「あっ僕だよ、離婚したから」

　いつもメールで連絡を取り合っている息子から珍しく電話がきた。おまけにいきなり離婚。とっさに「女？」と聞くが、笑いながら全否定。やれやれ。詳しくは又ということで電話は切れた。夫は息子と一緒に仕事をしており、事務所の二階が息子の自宅なので、夫には息子夫婦揃って挨拶に来たと帰宅後聞かされた。

　嫁が二つの理由を話す隣で息子は黙って聞いていたらしい。夫は男だからか息子に責任があることに納得しながら、私には「きっとお互いになにかあったんだろう」ぽつりと言った。

　四日後、嫁は子ども二人を連れ、学校の都合だからと隣駅のマンションに引っ越して行った。私も手伝いに行くと「引っ越し業者が何もかもしてくれるのでだいじょうぶ、それよりお母さん。Ｔ（息子）はお母さんが大好きなので、暫くはさびしいだろうからTのことよろしくね」と。また「孫たちとの関係はこれまでと何一つ変わらないから」と、付け加えた。そんなに心配なら一緒にいたらと言いたいのを、グッと我慢した。

二十年前、学生寮から自宅にもどった息子に結婚したい人がいると言われた。私はR子ちゃんと結婚すると思っていたと告げると「我が家の祖父母、両親は中々変わり者だから彼女には無理だよ。H（嫁）ならきっとだいじょうぶだよ」と言ったよね。私は妻が作家だなんて面倒だからって言ったよね。まあ今となっては詮無いことだからどうでもいいけれど。

少し落ち着いただろうから様子を見に行けばと、毎日職場で息子と顔を合わせている夫がわざわざ私に言うのだ。仕方なく電話をいれると、あっさり間に合っていると言う。ルンバ（ロボット掃除機）が勝手に掃除をし、洗濯も高校時代に私に仕込まれているし、食事は普段から台所に立っているので何の問題も無いと明るい声で話す。嬉しいような、寂しいような複雑な母親心境だった。

お酒の飲めない遊び人

「おう、ようやけとってやなぁ」

本家（ちなみに丹波では「ほんけ」ではなく「ほんや」という）の長老が火葬炉から出てきた叔母に言うと、

「最近は火力が強いんですわ」

斎場の職員の一言。

一カ月前、夫の郷里の丹波で葬儀があり、三年振りに元気な叔母に会っていた。その叔母が入浴中に心筋梗塞で亡くなったのだ。

義母の妹だった叔母には子が無く、私も子どもたちも可愛がられて大好きな叔母だった。八三歳だった。

叔母の夫はお酒の飲めない遊び人。

お正月お盆と年に二回、私たちが帰省しても会うのがなかなか難しかった。叔父は朝から喫茶店でモーニング、そこから一気にカラオケに行くものだから、会えるはずも無い。

そんな叔父を叔母は大好きだった。何人目かの見合相手だったが余りの二枚目でどうしても結婚したいと親に頼んだと聞いている。

確かに今でも喫茶店に私たちが同伴すると、何人もの女性から手が振られたり目配せが八五歳の叔父にあびせられる。

叔父の見送りの言葉は
「ええ嫁はんでした、わしはひとりぽっちや」

柩の中の叔母の顔は本当に幸せそうだった。

八三歳の弟

今年は来ないと言っていた叔父が、大掃除の最中に、鹿児島から母のところに来た。東京の長男の家がメインで、ついでに八八歳の姉の母に、ここ数年必ず年末に顔をみせる八三歳の弟なのだ。他に三人の弟妹がいるが叔父は母だけ顔を見に来る。特別べたべたすることもなく、朝は薄暗いうちから起きだして近所の自動販売機で甘い缶コーヒーをひとつ買い、どこを歩いているのやら一時間ほど散歩と称してすっきりした顔でもどって来る。日中はというと、母と二人縁側で耳が遠いせいか大きな声でなにやら話している。何やらというのは鹿児島弁でおまけに早口だから聞き取れないのだ。普段は標準語の母も叔父とは鹿児島弁で話すので私にはさっぱりである。初めて見てしまったが、母が叔父にお年玉をあげていた。叔父はみごと素直に「ありがとう」と言って、うれしそうにポケットにしまっていた。三日後に鹿児島に帰った。

柩の窓から

九月の初め、叔父が亡くなったと知らせがあり、夫の実家に十年ぶりに帰ることに。翌日、新幹線を乗り継ぎ福知山線に揺られて丹波に向かう。

この十年間身内だけでなく何人を見送っただろう。最後のお別れにと柩の窓を開けられ、最後だからと自分に言い聞かせ、お顔をじっとみる。美しいなどと一度だって思ったことが無かった。しかも長患いの末に死んだとなると遺影との余りの違いに悲しくなる。柩の中の人はどう思っているのだろう、女でも男でも若いときの美しいお顔や逞しかった頃のお顔だけを思い出して欲しいのではないか。「あたしの柩の窓は決して開けないで欲しい」と言うと「娘にしっかり厚化粧してもらうからだいじょうぶだよ」と夫が答えた。この人には任せられない。「生前葬」しかないと真剣に考えた。が、どちらが先に死んでしまうのだろうか。

車窓には稲刈りを待つ稲穂が金色に輝いていた。

窓側の人

住所のない名刺をもらう桜の夜

一号車には乗りたくないの鳥交る

鎌倉の車夫の筋肉春しぐれ

花冷えや窓側の人もう来ない

慈悲心鳥黙って腰に手をのばす

若沖の鸚鵡が狙う素っ裸

十二所の雨はあじさいいろである

片時を鯰になって逢いましょう

さるすべり帰りたくなったら帰ります

むくみかな雨の鎌倉段葛

晩夏なりウイスキーボンボンかんじゃだめ

少しずつ好きになる人小望月

夜の鼻伸び放題やコウモリ
青山椒つまんでみたら愛がない
真鶴に岩という町朧の夜

麦の秋ひとり占めする感情線

密会の缶切りは右回りの冬

小さな親切大きなお世話の寒気団

初笑い男の皺に指入れる

魔女

朝の電車に混んでるなと思いながら乗り込んだ。次に、五歳位の女の子が母親に手を引かれながら乗ってきた。私はドアの横に凭れ、彼女はドア前の真ん中に立つ。駅ごとに混んでくるので、私の確保していた場所を彼女に譲ると私をじっと見上げてくるので笑みを返した。

するると、私が首から提げている眼鏡に「こわれてるよメガネ」と心配そうに言うので、これはこうして使うのだと火野正平ちゃんの眼鏡（クリックリーダーという老眼鏡）を鼻の上でカチンと合わせた。正常な眼鏡であることを証明し、磁石で付くのだと自信たっぷりに答えた。

次はネックレスについての質問だ。「それ何？」と聞くので私が「ドクロ」と一言。合点がいかないらしく、母親の顔を見上げると「骸骨」との答えに「あっハロウィンの」と直ぐに納得。

「私はね魔女なの、秘密よ」と、私が長く伸びた紫色の爪を彼女に見せると、信じたのか暫く黙っていた。

次の駅で降りるらしく、母親が又礼を言った。ドアが開く寸前、何か思い切ったように、

「爪きったほうがいいよ」と彼女。

「切れないのよ、魔法がかけられなくなってしまうから」と答えると、母親は何度も済みませんと謝りながら彼女の手を引っ張り降りていった。

彼女は見えなくなるまで手を振ってくれた。

二枚目

ドアが開く前に「おはようございます」。パスモをかざす前に「ありがとうございます」。いつものバスと何か違う。普段は私からおはようございますと声をかけても知らん顔のドライバーもいる昨今である。最初の信号で「右良し左良し横断歩道良し、左に曲がります、ご注意ください」。停留所に着けば「停車します、ご注意ください」「停車します、ありがとうございました」「発車します」。こんな調子で九つ目の終点まで優しいことばが続く。勿論、パネルにも同様の言葉が表示され、車内のアナウンスでは停留所の名が流れる。

春とは名ばかりの寒い日だったが、ぽかぽかとした気分で終点を迎えた。このまま降車するには勿体無くて、ドライバーのお顔をミラーで確認するとなかなかの二枚目だった。帽子に眼鏡にマスクでは大体が二枚目に見えてしまうかな、でも、ネームプレート『運転手　田村雅和』には感動した。

生声

大宮氷川神社の吟行から帰宅し、鞄の中身を全部出す。

あれ、筆入れがない。

そういえば、電車の中で手帳にメモをしたが筆入れのことは思い出せない。翌朝七時にＪＲ東海コールセンターに電話をするが「混んでおります」というテープがいつまでも回っている。やっとつながれば「大宮駅はＪＲ東日本の管轄なのでかけ直せ」という、やれやれ。

しかし、ここからがすごいのだ。

ＪＲ東日本コールセンターは、テープが回らず、すぐに男前の生声だ。コールセンターの男性・Ｋさんが、筆入れの形態、中身、どこで無くしたかを優しく尋ねてくる。勿論、昨夜のうちにメモ書きを完璧にこなしておいたので、すらすらと返答した。話が弾みすぎて「グリーン車のアテンダントが珍しく若い男性だった」そんな余計なことまでKさんに伝えた。

すかさず「がま口型の紫色で花模様ですか」と、Kさん。

「そうです、和風のきれいな色です」

筆入れは、平塚駅で保管されていたのだ。

後日、平塚駅下りホームの事務室に行くと、小太りの職員に「番号が記載されてないので探すのに時間がかかります」とパソコンを見ながらエラそうに言われた。その後ろで若いお兄さんが、私の紫の筆入れを見つけて手渡してくれた。

ありがとう。

肉まん

八王子から「あずさ15号」で甲府に向かった。
窓側はひとつの空席も無かった。がっかりしている間もなく、肉まんのように
たっぷりと眠っている青年の隣を確保。青年のお腹には望遠レンズのイオスがめ
り込んでいた。
落ち着いたころに車内販売がやってきた。
私はカツサンドと珈琲を買ったものの、厚切りのカツサンド四枚全部は食べら
れないと悩んでいた。
するると、肉まん青年がむっくりと起き上がった。失礼と思いつつ「いかがです
か」とカツサンドを勧めたが、手で要らないと答える。その後も何かと話しかけ
るが笑顔の割には言葉が聞き取れないのだ。青年が中国人と知るのにそれほど時
間はかからなかった。

私はメモ帳に漢字のみで会話を始め、例えば「吾　職業　人妻　君？」こんな調子で尋ねると、青年は日本語に変換されたスマホを手渡す。二三歳の従業員（？）で上海から昨日やってきて、これから松本でお城を見て、上高地まで行くという。

甲府駅だ、お別れだ。

青年と熱い握手をし、私はホームに降りた。青年は窓越しに肉まんのような笑顔で手を振ってくれた。カツサンドを食べてくれたことは言うまでもないが。

禁酒解禁

二年間の禁酒が解けた。

久し振りの二次会の帰りはバスにした。

横浜西口発のバスに乗ると、バス停が家の前なのだ。一時間はかかるが、お酒が入っている夜は楽チン。決まって後部座席の端っこに座り、夜の景色から目を離さない。

梅ノ木から鶴ヶ峰にかけての道のりは中学時代の友人が多いので、まさかの出会いを夢見つつ起きている。が、ついつい、今宿あたりから白川夜船が始まってしまう。そして、いつも降りるバス停のひとつ前で必ず目覚めるのだ。

「終点ですよ、お客さん」

だが、その日は運転手さんの声に起こされた。

禁酒解禁後のためか、乗り過ごしてしまったらしい。

我がバス停から過ぎること五つ目が終点のため、

「乗り過ごしましたので追加分を払います」と、私。

「料金はだいじょうぶですよ、どこで降りたかったのですか」

「○○です」

「車庫に戻るので、バス停の反対側の車線を通りますがいいですか？」

「お願いします」

「降りるときにお礼や頭を下げたりしないでくださいね」

「はい」

その節はお世話になりました。

ボコボコ

工事中の道でガードマンに制止された。

何か言っているので窓を開けると「マニュアルですか、6速ですか?」

えっ、何だこの人、あっ私の車のことか、「オートマです」と答えた。

マニュアルにして車体に翼をつけたかったけど、渋滞時のことを考えるともうマニュアルは辛いのでオートマにしちゃいました。

「STIは男の人が乗る車だけど。女の人は珍しいね、凄いですね」

ここでガードマンの制止が解かれ、車を発進させた。

スバルインプレッサSTIが我が愛車なのだ。

高校二年の夏休みに軽免許を取得した。

マツダのキャロルに始まり五十年近くハンドルを握っている。スピード違反が一回、オレンジのラインで車線変更してしまったのが一回、駐車禁止エリアでの駐車二回以外は、大きな違反も無く現在に至っている。

一般道以外のレースでは、三十年前、赤城大沼の氷上ラリーの最中、当時乗っていたスバルＲＸで、駐車している仲間の車に激突しボコボコにしてしまった。彼はボコボコの車のまま二十数台のスバル仲間たちと横浜に帰った。勿論、保険で綺麗に直した。

また、自衛隊の富士裾野の演習場では、スバルレオーネで走り回り、半回転して窓から脱出したこともあった。三十年前は、演習がない土日に一般人が演習場に入ることができたのだ。

まだまだいろいろあるのだが、これ以上は黙っていないと人格を疑われそうだからこのくらいにしておこう。

耳たぶ

あのころはあのころはあのころは桃の花
ものの芽や女ともだち面倒なり
白椿男ともだち煮付けたり

耳たぶをさわる癖あり花あけび

実はねって嘘ぶく耳たぶ三鬼の忌

耳朶のまごまごしている春一番

君の言葉きらいじゃないよ豆の花

二の腕の柔らかすぎる夏の恋

柿の花時計回りに生きてます

木香薔薇入り口ふさぐ軽き恋

ドーナツの丸い穴より風薫る

なめくじり真面目に交際しています

海のそばで泣いている友よ春は愛

半日は昼寝してます恋もせず

禁欲のピンクのチョコの暮の秋

初雪のポケットの中おばかさん

みかん山に隠れしままの男かな

初雪や袋綴じなるダンディズム

一瞬とか束の間とか枇杷の花

銀巴里

三輪明宏が「愛の賛歌」を両手を広げ、ピンクのドレスをまとって歌いきっていた。これまでのフランス語ではなく岩谷時子訳とはちがうピアフの歌の直訳だとか、しかもテレビ初公開。

私たちの世代であれば丸山明宏がなじんでいる。四十五年も前のことだが私はよく学校をさぼっては銀座のシャンソン喫茶「銀巴里」に通っていた。ステージが終わると通路側に必ず陣取る私の横をギャザーたっぷりの白いブラウスに黒いズボン（パンタロン）の丸山明宏がすうっと通り過ぎてゆく。もうほんとうにうっとりするような美しい人だった。勿論シャンソンも美しかったことを思い出す。戸川昌子はもう作家で会うことはなかったが工藤勉、古賀力、仲代圭吾、まだ新人の金子由香利らがいた。彼らの歌の中で私の青春時代が過ぎていった。再会、暗い日曜日、ボン・ボヤージュ、ミラボー橋、アコーディオン弾き、人生は過ぎ行く、バラ色の人生。

初めての家出

　小学六年生まで目黒に住んでいた私が、横浜の祖母のところに家出をしたのは何年生の頃だったのだろう。

　当時、東急目黒線の目黒から田園調布で乗り換え、東急東横線の横浜で降り、横浜から相鉄本線の鶴ヶ峰までほんとうに一人で行ったのかしら。ただ、はっきり覚えているのは、鶴ヶ峰駅に着いたときにはもう夜になっていてとても怖がりの私はどうしても祖母の家まで歩いていくことが出来ない。勿論道順はわかっている。大人の足で二十分くらいだったかな。

　そこで、駅前の今で言うスーパーだけどとてもちっちゃな「松本商店」に飛び込み「おばあちゃんの家に行きたいのですが道がわかりません、教えてください」と言ったことは今でも覚えている。ここは祖母がいろいろな物を配達してもらっていたのでおじさんの顔も知っていた。多分、暗がりに可愛い少女（事実）を一人で歩かせられないと思ったのだろう。おじさんは配達用の車で、私を祖母の家まで送ってくれた。

これが初めての私の家出である。

家出の理由とか、祖母の家に何泊したのか、親は迎えに来たのか、季節はいつ頃だったか、どんな服を着ていたのか、荷物は、カバンは、お金は、なに一つ思い出せないが、怖かったけどきっと楽しかったのだろうと思う。

この日から二二歳まで四回ほど家出をした。二二歳から五一歳まで六回ほど家出をさせてもらった。五一歳から十年程経ったが、あれから一度も家出はしていない。

なぜだろう、たぶん俳句を始めてしまったからだと思う。

何度も何度も家出を許してくれたご両親様、何度も何度も家出をさせてくれたご主人様、ほんとうにありがとうございました。

ブラタモリ横須賀編

ＮＨＫ「ブラタモリ第四二回横須賀編」を見た。ペリーの浦賀から、横須賀の巨大ドック、最後にアメリカ海軍の横須賀基地に入る。そこで空母ロナルド・レーガンに乗船（非公開）。広報担当のフィリップ大尉に格納庫、飛行甲板、艦橋、展望デッキを案内され、最後にタモリが一言。

「航空母艦に乗りたいと思って五十年目にやっと乗ることができたよ」

ここでエンディングテーマ井上陽水の「瞬き」が流れる。

四六年前、中学生の時、横浜駅東口で同級生のガッパ君と偶然出会い、立ち話をしていた。すると、大きな身体に可愛いセーラー服の金髪青年に話しかけられた。私に英語がわかる筈も無く、優等生だったガッパにすべてお任せしていると、中華街に行きたいらしいが説明が面倒なので今から二人で案内しようと言い出し、承諾した。

　中華街、といっても本通りからの路地に抜け、さらに路地を抜けた小さな扉の店にたどり着く。店内はタバコの煙と外国人とで奥が見えない。カウンターでお酒を飲む人、狭い店内で寄り添って踊るカップルたち、なんとも異様な光景だった。暫くこの別世界で過ごしセーラー服のジョーに別れを告げると、明日横須賀での再会を約束させられた。

　今でも変わらぬ段差の無い横須賀駅でセーラー服のジョーが笑顔で待っていた。何も聞かされていないガッパと私は、ジョーの後を付いていくとこれまで決して入ることの無い米軍基地のゲートをくぐり、碇泊中の原子力空母エンタープライズに乗船した。

　先ず士官に私たちを紹介、次に自分たちの部屋、格納庫（とにかく広い）、飛行甲板（遠くに戦闘機が見えた）、艦橋、他にも色々案内されたが名称が今となっては不明。

　中でも一番印象に残っているのが三人で食べた食堂（広ーい）だ。セルフサービスとは言え五〇〇グラム級のビーフステーキには驚いた。空母から出て、次はどぶ板通りのまたまた路地から路地の中華街のあの店と同じ雰囲気の店に案内された。ジョーは大きな農場（地名は忘れた）の長男で、故郷では両親と妹と暮らしている、そんな写真を笑いながら見せられた。

横須賀駅で最後のお別れにと、ジョーが首から外したクルスのネックレスと、手紙が欲しいと言われて、空母と実家の住所のメモを渡された。

翌日彼はエンタープライズと共にベトナムへ。

ペンネーム

銀座ライオンと隣のビルの間に人が一人入れる隙間があり、そこにジプシー・ボビー・左門がいた。長い髪を頭の天辺で束ね、手作りの机を組み立てて、占いを稼業としていた。顔は若い頃の三船敏郎といえば少々おまけかな。夜も更けると数寄屋橋で詩集を売り終えたカムイ、林修がゆっくりと左門のところへ集まる。

カムイ氏は小説家を目指す、アイビールックのお洒落さんで、彼の詩集はタイプライターの印刷。林修は宗教学科の哲学を学ぶ全身黒尽くめの痩せた一年生で、彼の詩集はガリ版刷りの手作りだった。二人のことはこれ以上何も知らなかった。勿論、左門のことも何も知らなかった。

私は学校はつまらないと決めつけ、午後は「銀巴里」で毎日、美輪明宏、工藤勉、古賀力、金子由香利（あの頃は下手でした）らを聞き暮らしていたただの学生。夜になるといつも左門の所に行き、占いの客の少ない時には「さくら」になったりもしていた。

左門は稼ぎが多いときにはカムイ、修、私を連れ、新宿で大盤振る舞いをしてくれた。何をご馳走になったか、朝まで何を語り合ったか、一つも思い出せないけど、楽しい時間だった。

ある時、左門が「俺たちを残そう」と画家の卵の寒河江君も引きずりこんで詩集を創刊した。

一年も経った頃、父が倒れて家に連れ戻された。左門、カムイ、林修、寒河江、彼らはあの頃の夢を叶えただろうか。

十九から二十までの濃すぎるほどの一年だった。

あの時のペンネームは「ラフ・亜沙弥」だった。

目的はお花見

「小論文の先生が面白い人だから授業を受けに来いよ」

と予備校生の息子が言った。

「いくら私が若作りとは言え、ちょっと無理じゃないかな」

「大丈夫だよ、わかりゃしないよ」

こんなことを真面目に言う子だから、予備校生なんだ。数回誘われたが、相手にせずにいるうちとうとう入試が始まり、小論文の面白い先生のお陰で彼は早稲田を落ち、筑波の田舎の学校に拾ってもらった。

その面白い先生から、渋谷のジァン・ジァンで短歌絶叫コンサートなるものの案内が届いた。息子と久々のデートと喜んでいたが、当日彼は行かれなくなり、仕方なく一人ででかけた。ジァン・ジァンは渋谷公園通りの山手教会地下のライブハウス。階段からの行列は歩道にまで溢れていた。

面白い先生の名は福島泰樹といい、本職か仮の姿か知らないが、下谷の法昌寺の住職だそうだ。肩書きのひとつには現代短歌の歌人とあった。

さあライブが始まった。

自作の短歌の他に中原中也、寺山修司の詩などを読経でならしたドスの利いた声で叫ぶのだった。ステージではピアノ、パーカッション、尺八が演奏され、これがまた素晴らしかった。私は中原中也が好きということもあり三時間のライブはあっという間に終わった。

ライブは終わったが、それから三カ月後、もう息子は一切関係なく、秋田、青森ツアーに付いて行くほどの仲良しになってしまった。


二〇〇四年に福島さんの主宰する「月光」の歌会に誘われた。が、すでに俳句漬けの私、短歌など詠めるはずも無く。

歌会前日「君の俳句を二つくっつけて持っておいで」と軽く言われたが、何をどうくっつけてよいものやら途方にくれながらも、歌会あとの上野の花見に行きたいがため、ただそれだけの目的のために、

花の下生温かき手を離し
　鱗一枚はがされてゆく
そっと出る布団に残す轍あり
　朝から足を食うこともなし

私のかわいい俳句四句がこんな短歌二首に変貌した。しかもそれなりに共感されたのには、当の本人が一番驚いたのである。

歌会もぶじに終了。湯島からぞろぞろお仲間と連れ立って上野に到着、ブルーシートの屋台で桜の花びらをコップ酒に受けながら私のために歌会でなく句会を始めてくれたお仲間たち、ありがとうございました。が、二度と歌会に行くことはなかった。

あの時の予備校生は二児の父となり確か四五歳になる。

真面目なイケメン

四十五年ぶりだった。中学のクラス会に初めて顔を出したA君が隣に座った。確か二年三年が一緒だったかな、ほどの印象の人。今で言うところの長身のイケメン（超）で、とにかくいつもクラス代表をこなす真面目な生徒だった。

あたしはイケメンは好きだが真面目な人は苦手だった、その頃からずっと。隣に席が決まったとき、あ〜ぁいやだなあと顔には出さずにこらえた。

ところが、いろいろ話をしていると、あたしは四十五年もの間ずいぶんと誤解をしていたようだ。A君は勉強はもちろんのこと、スポーツでも何でもトップだったが、秀才でも天才でもなく一人でこっそり野球などの練習をしていたそうだ、こっそりと。

現在、みかん山ごと購入した真鶴で学習塾やテニスのコーチなどをしているそうだ。いろいろあってね、と言ったが、真面目なイケメンにもいろいろあるんだと可笑しかった。

同級生のうしろは遠い蝉時雨

クラス会の終わりは何故か「高校三年生」を皆で歌う。そして何故か万歳三唱もして、来年のクラス会を約束しながらお開きとなる。
A君がお別れの最後に
「三年生の三学期は君が隣の席だったよ。卒業式の日、君は僕の隣で泣いていたね」
もったいないことにあたしったら席のことも泣いたことも覚えていなかった。

もったいないな紅花常磐満作だって

ファスナーに届かぬ右手

春愁いとらやの夜の梅一本

ファスナーに届かぬ右手春の宵

豆ごはん嘘は大きな声で言う

少年に拾ってもらう額紫陽花

夏の夜の男と女のバーゲンセール

夜濯ぎやお尻の肉がうすくなり

ひまわりや夜には夜のマヨネーズ

鶏頭花先に寝るには訳がある

黄菊白菊紅菊に埋もれています

珈琲と甘めの月を所望する
だいじょうぶ前向きだから栗きんとん
どうしてもたべたい月をむく

菊膾ぐっとしぼって酢を注ぐ

すぐおこる男かわいや鬼やらい

袋ごとすする酵素や酉の市

綿虫や四枚たたむバスタオル

冬布団にああだこうだの捨台詞

楽天家にんじん以外はみじん切り

あんこ玉むらさきいろは冬の愛

子どものころの環境

どうしていつも紫の服なのですか？　と聞かれると紫の服しか持ってないんですと答えることにしている。彼らは理由を聞きたいのだろうと察するが、面倒なのでそっけなく答えるのだ。幼稚園のころ家の事情で洋裁店を営んでいた叔母に預けられ、この叔母が顧客のオーダーの余った生地で私に服を作って着せていた。かなり奇抜な子ども服だった。ここで服への執着が芽生えてしまったのだ。

夫が子どものころの話をすると必ず食べ物が出てくる。動物園の帰りはカレーライス、おばあちゃんの干し柿、大嫌いなお頭つきの鯖ずし、法事で金時豆をほおばり叱られたこと、テレビでしか見たことのない不二家のショートケーキなどを楽しく語るのだ。私は子どものころの食べ物なんて一切記憶に無いが、七五三の着物、入学式、遠足、赤痢で退院の日の服など、すべて色まで思い出せる。

子どものころの環境をお互い引きずりながら四十五年も一緒に暮らしている。

日の丸と紳士

書類に実印が必要となり、初めて顧客の社長室を訪れた。夫に聞かされてはいたがA社長の後ろの壁には日章旗が堂堂と飾られている。スーツ、ネクタイそして靴のセンスも抜群で勿論お顔も素敵な紳士だったが、どうしても日の丸と結びつかぬまま私は会社にもどった。

仕事上、不動産業関係の方との付き合いが多く、これまでも何人もの社長に出会っていた。値打ちのわからぬ壷や絵画は眼にしたが、日の丸はA氏が初めてだった。

世に言うバブルのころでA氏の会社にはそれから頻繁に出かけるようになり、夫と一緒にと、お食事や飲み会などにもお誘いを受けた。夫は社交性が皆無のため、以後私は夫公認のお付き合いをするようになった。

数年が経ったころ、社長室の日の丸が移動し、二メートルほどの額に巻紙が入っ

ていた。古文書かと尋ねると「野村秋介」の手紙と言われたが、私はそんな名は知らなかった。詳しい話は聞かされなかったが、

「朝日新聞東京本社で拳銃自殺をした男の最後の僕宛の手紙」

とだけぽつりと口にされた。そう言えば、年に一度旅館を貸し切って某会の集まりがあるが周りを警官が取り巻き、中々旅館が取れなくて困ったものだ、なんて話をしていたような記憶がある。

私の生活に右翼だの左翼だの一切関わりないのだから聞き流していたのだろう。夫に話すと、手紙のこともA氏の右翼会での地位も承知しているが尊敬する素晴らしい紳士だと強い口調で言われた。バブルが弾け、A氏から会社閉鎖の案内状が届き、余白に今後は年賀状も失礼すると自筆で添えられていた。

蝉時雨の朝方、A氏の夢を見た。何事もなければいいが、ずいぶん昔のことを思い出したものだ。

猟銃所持

父の猟銃を二丁相続している。

これまで地元の警察署で四月に行われていた猟銃所持状況検査が、今年（二〇〇八年）は二月に行われた。

佐世保での小六女子同級生殺害事件、東京のライフル銃暴発で幼児が亡くなった事件、また今年は北海道洞爺湖サミットが開催される等の事情らしい。

例年だと銃の点検（手入れが行き届いているか、改造していないか）だけで終わっていたのだが、今回は本庁の職員が出張をしての検査に始まり、面接まであった。

マニュアルどおりなのだろうが、私に面と向かって、

「覚せい剤を使用してますか？」

「うつ病ですか？」

「家族に精神病の方などは？」

とくるものだから、つい、

「糖尿病と人工透析だけです、今の所」

などと茶化したら、同席していた青年の警察官が笑っていた。

確かに試験さえ受かれば、前科が無く医者の診断書に精神異常無しの文字をもらうだけで、誰でも銃を持ち、銃弾も買えるのである。

これまで深く考えたことなど無かったが、実におそろしい話である。

蓮とおっぱい星人

蓮の句を書きたいとパソコンで検索をしていると「蓮と法華経」作家・松山俊太郎に行き着いた。この名前は確か夫の人生の師である作家・澁澤龍彦に関係のある人だ。これは面白そうだ。さらに検索すると新宿の常円寺で彼の「法華経講座」を知る。

二〇〇七年七月三日午後六時からの講座に参加、帰りのことを考えて、車で通うことにした。教室には尼さん二人、僧侶らしい人が数人、いかにも学びにきている風の人たち、ひとり浮いている私と二十人ほどが集まった。

松山俊太郎は少し遅れてきた。白絣の単衣に総絞りの兵児帯を無造作にぐるぐると巻き、急いだのだろう、噴き出す汗をフェイラーのタオルで拭きながら、講義が始まる。私は生まれて初めて耳にする言葉ばかりで筆記に余念が無かったが、「学者は皆馬鹿で皆殺すべきだ」「女は九割殺すべきだ」といった、思わずペンを止め彼の顔を見つめてしまうような面白い言葉も飛び出すのだった。八時半に終わり、先生とご一緒できる方はどうぞのお誘いに付いて行く。

近くの蕎麦屋の道すがら「僕は実は犬なんだ」「おっぱい星人だぞ、だって哺乳類だからね」などとさっきまでの怖い顔はどこにもなかった。私も負けずに「実は私、猫なんです」と言ってやった。

澁澤龍彦と初めて紀伊国屋書店で会って、僕たちはどっちが馬鹿かの競争をし、七時間もしゃべっていたんだ。日本のシュルレアリスムの第一人者は土方巽だと思うね。小学校に入ったときは、僕狸だったよ。次から次に楽しそうに話す。狸じゃなくて子どものように。宴会もお開きとなると「君、もう一軒いこうか、代行呼んで帰りなさい」ふらふらと雪駄の音が響く真夜中、あとは若僧に任せて、帰宅した。半年ほど通ったが、とうとう夫から新宿禁止令が出てしまった。面倒なので彼にお別れも言わず講座を中断した。

澁澤龍彦、加藤郁也、小栗虫太郎のことなどいろいろ聞かされ今でも思い出す。法華経の講義は残念ながら思い出せないが。

彼は二〇一四年五月、蓮の国に旅立った。

節分

成田山新勝寺節分会をテレビで見た。
新横綱の稀勢の里と白鳳が黒紋付になんとも似合わぬピンクの裃を着けて豆まきをしていた。

大相撲が始まると、毎日母は父とテレビ観戦をしている。（母は自分の部屋のテレビを見ているが、八年前に亡くなった父のために、御霊屋の前にあるテレビもつけて大相撲中継を放映しているのだ）
大相撲に興味の無い私は、千秋楽が近づくと毎日父母に誰が優勝しそうなのと尋ねる程度だが、今場所は何が何でも稀勢の里の優勝を願って真剣に見ていたのだ。稀勢の里が白鳳を負かした時は飛び上がり大声で母と喜んだ。稀勢の里が横綱になったのだ。

「今日は節分ね、豆を撒かなきゃね」と母が言った。

「えっー、節分は明日だから明日撒けばいいんじゃない」と、私が自信たっぷりに言うものだから九十歳の母は得心した。

翌日、暗くなってもご近所から豆まきの声が一向に聞こえない。

不安になり暦を確認すると、二月四日立春、二月三日節分とある。昨日が節分だったのだ。

早々に母に謝ってから、母と二人で「鬼は外」「福は内」と静かに静かに福を呼び入れた。

九十歳の母の記憶が正しかった。鬼は出て行っただろうか。

あたしの村

悲しいほどに離れている黒豆

田作りの泣いてしまったあの夜かな

山藤を揺らすからには覚悟あり

春の鹿プライドばかりじゃ生きられぬ

夜ってさ好きだったよね青大将

くすりゆびに蛸からまりて夜ひとり

蝙蝠や無口な男はいやですね

鶏頭の頭重くして倒れ

山椒の実弾けて飛んで試着室

モロッコ隠元あたしの村の酔っ払い
実柘榴や境界線が消えそうよ
鹿の鳴く私今晩あいてます

貴方には紹介したい秋の虫

冬眠の蛇はむらさき夫不在

鎖骨骨折のモモンガ笑い過ぎ

左目を包む薄紙ポインセチア

柿落葉注ぎ切れない愛もあり

冬銀河何とかします俺と僕

大根引男殺して水注ぐ

うちの田圃

「えっー、蛭がいるの？　いやだあ」

と、よく言われますが、田圃の蛭は私の血は吸いません、人の血は吸わないそうです。それに膝下まである田圃用の長靴を履いていますから。

何故うちの田圃に蛭がいるのか詳しいことはわかりませんが、蛭、おたまじゃくし（そのうち蛙になりますが）、ヤゴ、たまにげんごろう、蛇（この子は田圃を借りたときにはすでにいました）、上段の棚田は水が冷たいので井守が数匹、以上の子たちは、これといって悪さはしないので仲良くしてます。

問題は土竜なんです。

田植えの準備が始まるころから、この姿を見せない土竜たちのために夫は十三枚の棚田の畦を一つずつ見て回ります。彼らの穴は下の田圃に流れるべき大事な水を容赦なく止めて仕舞うのです。穴を見つけては塞ぎ、塞がれては穴を開け「いたちごっこ」ならぬ「もぐらごっこ」を、ご苦労様なのです。

私にはどうすることもできないので、唯、眺めているだけです。

田植えが終わった田圃にまだたくさんのおたまじゃくしがいます。

こしひかり、黒米、紅朱雀、緑米、と分げつし始めた稲の周りで遊んでいます（たぶん……）。

あの子たちはいつか蛙になるのでしょうか、なんという蛙でしょうか。私を雌と勘違いして鳴いていたアカガエルはとうにいなくなったというのに。

わたくしに鳴いてどうする赤蛙

崎陽軒の紳士

上越新幹線ＭＡＸたにがわ四一七号、二二時二四分上毛高原駅に到着。タクシーで帰ると夫に連絡してタクシー乗り場に行くと、横浜名物・崎陽軒のシウマイの真新しい赤い紙袋を下げた先客が立っていた。

三十分経ってもタクシーは来ない。

崎陽軒の紳士が「遅いですね」とイライラを共有したいらしく私に話しかけてきた。崎陽軒が安心させたのか「横浜からですか」に始まり会話が続く。

紳士は大学が横浜で今日は同窓会だった、実は住まいは高崎だがつい居眠りをして乗り過ごしたと、嘘でない証拠にゆらゆら揺れながら話す。今日はマシな方で、いつもは湯沢まで乗り過ごし、やはり今夜のようにタクシーを利用するのだそうだ。

一時間経過。

紳士はとうとう看板にあるタクシー会社に電話をした。

「一台しかないので戻って来るまで待つしかないと言われました」

と、こちらを見て苦笑いした。

家の場所を尋ねられたが、村外れとしか言いようが無い私に、紳士は
「貴重な一台が戻ったら貴女の家に寄ってから僕は高崎へ帰りましょう」

その気になっていたら、夫が軽トラックで迎えに来た。

二号さんの栗おこわ

「うちの田舎の栗おこわ、金時豆を入れるの」と、パックに詰めたまだ温かいおこわを届けてくれた。軽く塩味のする金時豆が栗の甘さと妙に合い、とても美味しい。彼女の名前は覚えきれずに二号さんと呼んでいる。彼女の家は村一番の外れの豪奢な造りで、表札が二つ並び、男名前と女名前だ。我が家が建ってから彼女の家は村の二番目の外れになった。十年ほど前はヘリコプターで彼が来ていたが、数年前から眼が悪いとかでベンツで月に何度か通っている様子。甲斐犬の散歩姿を遠目に見かけるだけで、彼の容姿は残念ながら知らない。彼女はいつも庭の畑で忙しく働き、私たち夫婦が田んぼや畑から帰る道すがらあれこれと声をかけてきて、彼のことや自分の故郷の岩手のことなどを話す。素っぴんだが眼がくりくりして若い時は可愛かっただろうと想像できる明るく気さくな人だ。う〜ん多分私と同じ歳ぐらい。月夜野という村外れの外れのは・な・し。

駆除の猪肉

マクロビオティックもどきの食生活を始めて三年だろうか。肉類、魚類、乳製品を自宅では一切食べていない。自宅ではと条件付のため「もどき」なのである。自家製の玄米に野菜、勿論いずれも完全無農薬、天然肥料のみ。しかも稲作りは一切機械無しの手仕事、こだわりの夫は満足だろうが手伝いの私はたまらんのだ。七年目だが、週末農婦のため足腰は週明けにはガタガタ、蛇は会いにくるし蚋は顔目がけて刺しにくるし一年中手は焼けて真っ黒だし、そろそろ寄る年波だし。

昨年の十一月だったたか、見かけない軽トラックが村はずれの我が家にいきなりやって来て、見たこともない男性が挨拶もなく裏山に消えた。すぐに戻った男性は駐車を詫び、すぐに戻るからとまたいきなり消えた。言葉どおり戻った彼は猟銃を手に初老の男性を伴い、夫に何やら話をして裏山に再び消えた。まもなく銃声が響き私は何が何やらさっぱりわからないまま、窓から外の様子をうかがっていた。夫の話によると、彼は罠専門の猟師。裏山（我が家のすぐ近く）に猪の罠をかけ見回りにきたところ、かかっていたので銃と助っ人を呼びに戻った。あの銃声は、猪を仕留めた音で、猪はすぐに解体せねばならないので、夜になるがまた来ると言いながら急いで帰ったそうである。

私は父の猟銃を二丁相続していたが、もっぱら射撃場だけで狩猟などとてもとても。私の長いマニキュアの爪では無理である。

ここ群馬県月夜野村では猪の被害が年々ひどくなり、我が家でも稲刈寸前の稲を一粒残らぬほどに猪に食べられたのは五年前だった。私の猟銃が役に立たないので夫は罠の勉強をし、知識だけはプロ級だったため猟師さんと対等に話をしたらしい。猟師さんも「じゃあ、それっきり」というわけにはいかず、夜も更けた頃、隣町の沼田から猪の心臓、肝臓、肋骨（スープ用）、もも肉など、約束どおり届けてくれたのである。

それからも猟師さんは夫が気に入ったのか、北海道の熊、鹿と届けてくれる。肉屋の肉は食べないが駆除の猪や鹿は供養のために食べてやらねばならないのだと言いながら食べる夫である。

枇杷の花

シクシクとじくじくとくる春のガン
怒ったのかと反省をするガンの春
ヒヤシンス思い出すこと多きガン

あしたはあしたの春風にガン
三月の夫にからめばガン笑う
ともだちが親友になるガン朧

先ず背中次は肝臓春温し

いつだって僕かもしれない春の人

藪椿痛いことだけ伏せておく

花に雨元気ばかりを自慢して
ミモザの黄狂っちまえよほどほどに
時々は女になって百合が咲く

今晩は愛してもらっていいです蚊
マスカット・オブ・アレキサンドリアが本妻
抱かれてもいいわだなんて猫じゃらし

枇杷の花三日居ぬ間の嫉妬心
真っ白な他人になりたい葛の花
泣き止めば倍にふくらむ冬の月

あらたまや元気に病気しています

私は大変なのだ

四年目を迎えた。がん告知を受けた六四歳の二月から。

左胸にしこりを見つけてすぐに検査をした。

間違いないと診断され、ステージⅢとか、すぐに手術、しかも乳頭下のため全摘手術だと、他人事だから軽く言うのだ、お医者は。

保険会社の勧めもあり、セカンドオピニオンとして有明のがんセンターに重々しく出かけた。予約時間から四時間も待たされ、結局は主治医と同じで全摘手術、抗がん剤治療をすぐにと脅すのだった。

まだ、このあたりでは迷いもあったが、そろそろ本気で考えることにした。先ず五月に所属する俳句結社「海程」の全国大会が箱根湯本で開催される。今年は、私が所属する神奈川支部が担当だから、絶対に欠席するわけにはいかない。手術は止めよう。

この五年程前に夫が膝を患った。痛みを和らげるために市販のコンドロイチンを飲んでいたが、半年も経ったころ身体中に皮膚病が蔓延した。皮膚科に数十軒通いはするが良くなるどころか益々酷くなるばかり。

二年目を経過したころ、西洋医学に見切りをつけ、インターネットで検索して「枇杷の葉」の治療法に行き着いた。枇杷の葉、枇杷の種を焼酎につけ、それらのエキスを身体に塗り始めると、半年ほどで元のきれいな皮膚に戻った。この経験から、夫は薬に頼らない自然治療なるものに目覚めていた。

私が手術も抗がん剤もしたくないと夫に告げると、

「僕が治すから二人で頑張ろう」

私はどんな自然治療が待っているとも知らずに喜んでいた。

夫がすすめるままに、アメリカ製のバイオマット、足湯器、枇杷温熱器、といった機械ものの治療の他に、整体と枇杷温灸に通いだした。どれも保険がきかないので、永い間掛けていたがん保険の一時金をもらおうと保険会社に電話を入れた。しかし、病院での治療が始まらないと保険は一切おりませんと向こうは言い張る。病院のお墨付きがあると主張したが無理だった。

こうなりゃ仕方が無い、抗がん剤治療でも受けてみるかと覚悟したものの、まさか主治医に保険金目的とは言えず、神妙な面持ちで「抗がん剤を受けたいと思います」とお願いしたのだった。

細かい説明を受けた後「当日は付け爪を剥がして来るように」との言葉に「これは生爪です」ときっぱり答えた。

六四歳の誕生日に、とにかく、とりあえず生まれて初めて抗がん剤治療を受けた。抗がん剤を投与された後に担当の薬剤師がこれから出される薬の説明をした。「何かあれば自分宛に電話をするように」と、親切というか、大仰というか、恐怖心を煽るというか……とにかく早く家に帰りたくなった。

当日は何事もなく、いつものように眠りにつく。

翌日は、目覚めと共に気だるさ、吐き気、足先の痺れと説明しがたい不快感に閉口し、とうとう我慢ができずに担当の薬剤師に電話をした。私の話を聞き終わ

ると、

「昨日説明したお薬を飲みましたか」

「あっ飲んでません」

「すぐに飲んでください」

「はい」

「又何かありましたら連絡をください」

「はい」

もらった薬をすぐに飲むと、忽ち具合が良くなった。

ここで薬って有難いなと感謝すべきなのだろうが、元来、薬嫌いの私。薬に私の身体を支配されるのは金輪際真っ平だと思ったのだった。

一週間後には頭皮の痒み、歯茎の痛み、耳の中が腫れて痛い、舌先に味が無い、便秘と自分の身体が自分で無いような不思議な感覚。

二週間後に髪が抜け始めたので面倒だから思い切り引っ張って坊主にしたが、早めに用意していたウィッグのお陰で気楽だった。

友人の紹介で二宮整体に行ってみた。整体と言っても、ここはリウマチ、難病、がん患者が多い。

「抗がん剤は止めてください、死にますよ」

私への、初診の第一声、だった。

まさか「保険金に目が眩みました」とは言えなかった。この先生なら信用できると確信し、今でも真面目にお世話になっている。

二回目の抗がん剤治療日にドタキャンをした。主治医に続けないと意味が無いからと、熱心に説明された。私は食べ物、そして自然治療をやりたいと主治医に話した。

「わかりました、それでは並行して抗がん剤投与をしたらどうですか」

の擦り寄りに毅然と立ち向かい、

「それではがんが仮に消えたとき、先生は抗がん剤のお陰と言うでしょう、それでは私の立場がありませんからここは自然治療のみで五年間頑張ってみたい」と訴えた。主治医は五年目には手遅れになると必死だ。私も負けずに、

「まあその時はホスピスにでも行くから」

主治医もさらに負けまいと、

「ホスピスは高額だし、直ぐには入れない」

埒が明かず、今日はこれまでと、退室した。

暫くは月に一度、検査で通院をしていたが、別れ際に前向きに手術を考えてと、二枚目の若い医師がしつこいので半年目から縁を切った。

我が家では二十年前からスーパーでの食材の購入は殆どなく、化学調味料、肉、魚、乳製品、白砂糖は極力口に入れない生活をしてきた。夫とふたり、群馬県月夜野村にて無農薬無肥料の米作りをしている。玄米食が主な食事で、大豆類、根菜類の副食も充分なのだ。

身体を愛おしんで生活をしてきたのに何故がんになったのかと悔しい思いもしたが、母方ががん系ということもあってか、これればかりは誰も恨めないし、天の神様の言うとおりなんて歌もあったし、仕方ない。

自然治療二年目に入ったころのこと。

枇杷の葉温灸を習得した夫が、毎夜、温灸をしてくれるようになった。と同時に他の治療もふえ、私は息苦しくなり始めていた。

その矢先に、ささいなことから、

「僕がこんなに一生懸命やっているのにお前は僕任せで何ひとつ勉強もせずに、何を考えているんだ。死んでもいいのか」

と夫が激怒した。私も有難さも感謝もしない訳では無かったが、毎日毎日束縛され、帰宅時間をなじられ、菓子類一切無しの生活に嫌気がさしていた。

ついつい、これ以上はもう無理、もうどうでもいいから一人で暮らしたい、家をでる。などと喧嘩を買ってしまっただけならまだ可愛いが、貴方は自分のためにやっているのであって、お前のため、ためと押し付けないでほしい。とまで言ってしまった。

数日、お互い口をきかない日が続いた。

その間も押し黙ったまま一時間以上の枇杷温灸は続くのだった。

私へのプレッシャーをいかに理解したのか知る由も無いが、これを境に夫から私への文句は一切出なくなった。私がどこへ出かけようと「楽しんでくるように」

との一言が必ず添えられる。

昨年は、月夜野での稲刈りが十一月に延び、水の残った田んぼでの作業が三日間続いてきつかった。横浜の自宅に戻ってからがんがじくじくと痛みだし、初めて我慢できぬ程になった。

自由が丘の枇杷温灸の師がレインドロップという治療を始めており、夜分だったが快く応じてくれたので、出かけた。背中、患部に特殊な精油の数種類を落とし軽くマッサージをしただけで嘘のように痛みが消えた。この夜から、週に一度自由が丘までレインドロップの治療に通いだした。そして、夫が性懲りも無くレインドロップの勉強を始めだした。

がんがみつかってから四年目。

相変わらず、バイオマット、枇杷温灸、三井温熱治療院、中村温熱ホットパック、レインドロップ、枇杷・生姜湿布、二宮整体、いずれの治療も私に合っているようで続けている。

が、自らも疲れが出ぬよう、身体を冷やさぬよう、甘い菓子をこっそり食べぬよう、がんのために俳句や遊びを制限されぬよう、努力しよう。

四年めを迎えたとはいうものの、この三年は、白血病を三十年前に克服した九一歳の母や、息子や娘、そして俳句の仲間に心配をしてもらった。そんなみんなの優しさとついでに夫への感謝を心の中で声にしながらまだまだ遊び続けなくてはならない。大学一年生、高校一年生、小学三年生、五歳の孫たちの将来を見てみたい、九一歳の母より先にいくわけにはいかない。

そしてそして、がん告知より数カ月間、隠れて泣いていた夫をおいてはいけない。

私は大変なのだ。

私の十句

男＋女＝冬霞

華正樓の肉まん、崎陽軒のシウマイ、豊島屋の鳩サブレーを手土産に、鰍沢の国道から幾つものヘアピンカーブを上り抜け、画家、陶芸家のご夫婦を訪ねた。彼は若い頃肩までの髪をなびかせ、世間で言うヒモ生活が長かったが、過去を一切語らぬ奥様と一緒になってからは二度とヒモは伸ばさずに奥様の趣味の山登りに同伴している。いや同伴させられていたが、近頃では週に一度の山歩きにも喜んでついていく。この六年で登山二百四十四回。そのうち山梨百名山を九十六山制覇しているのだから、人は案外変われるものだと痛感している。彼はシュールな絵が多かったがインドの旅、鰍沢の暮しという時を経て、今はこれまでの山々、そして富士霊峰を限りなく画いていた。きれいな優しい画であった。男は女で変われる生き物だ、なんて感じながら彼女の作品「万歳猫」を譲ってもらいヘアピンカーブを抜け横浜に帰った。

春愁い母は無心にカツサンド

母の箪笥に赤子の顔ほどの煎餅が五枚も入っていた、というより隠されていた。何枚かは齧った跡があり、いつものように縁側で眼下のバス通りを眺めている母のところにいった。やさしく尋ねようと決めていたのに、余りにとぼけるものだから情けなくてつい本気で怒ってしまった。気がつくと私は母に馬乗りになって怒鳴り散らしている。怖くなって母から離れたが、母は蟻みたいに小さくなっていた。こんな夢をみた。たったひとりの母なのに、たったひとりの娘なのに私の中にこんな私がいるんだと哀しい朝だった。

前日の六月二十四日、新聞で詩を読んだ。「沖縄慰霊の日」に十七歳の知念捷さんが朗読した「みるく世がやゆら」。平和でしょうかという意味の沖縄独特の短歌だそうだ。この詩を読み終えるまで何度も流れる涙をぬぐった私が、夢の中では鬼の形相で実の母親を怒鳴っていた。奥の奥に潜むこれも私の真実なのだろう。因みに母は何でもできる九十歳のやさしい人なのだ。

金時の腹がけ赤し柚子の花

「割烹着なんか着て、盥にお湯を沸かしてぎゃあぎゃあ喚き散らすのを聞いているお産なんて真っ平だわ」

娘が自宅出産をすると聞かされたときの私の第一声である。

四十五年前の私のお産と言えば、当時流行りかけた「無痛分娩」である。この「無痛」というのが今思うに如何わしい限り。殆ど「有痛」であった。ただ産まれる寸前に麻酔をかけられるので、「おぎゃあ」の声は聞かず仕舞い、麻酔から醒めると産着に包まれた赤子とご対面。こんな初産だった。

「今はね、洗面台のお湯で産湯だし、割烹着もいらないし、T君（娘婿）が立ち会うし何でもしてくれるから大丈夫よ」

マクロビオティックの助産師（婦ではない）の教えを忠実に守り、動物性食品、砂糖類は一切口にせず、玄米を食べ続けて、何と！　羊膜に包まれたままの元気な赤子を自宅で出産した。

梅雨晴間象が耳にぶらさがる

　本格窯焼チャーシュー、胡瓜の麻辣ニンニクソース和え、小籠包、フカヒレ餃子、春巻、レタスの湯引き、海老と卵の炒め、杏露酒を数杯、ここらでもう満腹だったが、やはり横浜だもの、サンマー麺を食べなくちゃと、モデルのようなウェイターにまた注文。もうだめだわと言いながらデザートに豆乳入り杏仁豆腐、フルーツ入りタピオカココナツミルクで〆。うら若き女性と二人、聘珍樓で。レジで何だか耳が軽い、杏露酒のせいかしらと耳に手を伸ばすとジャラジャラつけていたイヤリングが無い、両方無い。どこでなくしたか思い出せないのであきらめて支払いを済ませることに。すると「お客様に六五歳以上の方がいらっしゃいますか？」と涼しい顔で尋ねてくる。どう見てもうら若くない私に決まってる。涼しい声でハイと答えると七%引きとなった。そこにあのウェイターが息を切らし掌にイヤリングを差し出した。真正面で見た彼はびっくりするほどのイケメン。嬉しくなってバー「ケーブルカー」で飲みなおした。

これ以上伸びぬ足なり蛍の夜

死にたくなってビルの階段を上がったんですが疲れてしまって七階で飛び降りたら大怪我をして、輸血したんです。それでB型肝炎になったんです。と、Sさんは少し笑いながら語るのだった。

彼女は、私の二十五年来の友人の奥さんになった人。

友人は某デパートの特選呉服売り場の優秀な社員だったが、リストラされて以来、音信不通になっていたのだ。その彼が、五年前にSさんを連れて幸せそうに我が家にやってきた。

年に四、五回、二人揃って遊びに来てくれるが、Sさんがいつも元気がないので、思い切って病気かと尋ねた。すると、B型肝炎になった経緯を話してくれたのだった。そして「自殺したいなら八階でないと死ねませんよ」と忠告された。

不覚にも間違えました夏の恋

　私の家は目黒雅叙園の下の太鼓橋を渡り、川から二つ目の路地を入って大きな欅の先のアパートでした。鍵っ子で一人っ子の私は毎日外で遊んだものです。今思い出せる友の名は、T君、S君、M君、O君、H君、K君、女の子は一人も思い出せません。T君は朝迎えに来てくれる一番の仲良し。S君はお母さんがいつも家にいて羨ましかった。吃音があったせいか私とだけ遊んでいました。とても優しいお母さんだったことをおぼえています。M君は権之助坂交番の近くの楽器店の子どもでギターやトランペットがずらりと並んでました。O君の家はやはり権之助坂の布団店でとても大きなお店でした。H君は綺麗な顔のお坊っちゃんで大きな洋館に住んでいました。目黒雅叙園の斜向かいの和風のK君のお屋敷でなぜか何度か遊んだことがありました。痩せた大人しい子でした。

　大人になってから目黒雅叙園の子だと知りました。大名の末裔と思い込んでいましたが、お殿様じゃなかった。

遠花火ずれて聞こえる片想い

ラジオを聴きながら野良仕事に励んでいると西郷輝彦の「君だけを」「星のフラメンコ」が流れてきた。単調な仕事の手を休め、鹿児島の夏を思い出した。

小学生の頃から夏休みには母の実家の鹿児島へ一人で帰省していた。中学三年の夏の海水浴場では、毎日「君だけを」がスピーカーから流れていた。

友達のジョージ君はハーフと思い込んでいた。彼の母親がお猿さんのような顔でこの子だけはかわいい顔で産まれるようにと必死に願をかけたら、両親には似ていないハンサムな子が産まれた。と、叔母は真面目に私に話した。

ある日ボートに乗っていると男子のボートが女子のボートにわざとぶつかり転覆した。私だけが泳げずに溺れ、ぶくぶくと海底に沈み、キラキラした海底を漂った。きれいだった。

気がつくとジョージ君とみんなが私の顔を浜辺で覗き込んでいた。

この夏休みを最後に、一人帰省は二十歳になるまで一切禁止になった。

青蜥蜴きれいな指で嘘をつく

リクライニングベッドを要介護1でレンタルをした母の二年目の面談があった。区役所の介護担当Tさんと、在宅介護支援センターのKさん。私のうっかりで同じ時間に約束してしまったのだ。

Tさんは子どもに話すように、ゆっくりと大きな声で名前、年齢、住所、朝食の内容などを母に訊く。名前は勿論、年齢になると「九十歳と八カ月」なんて、いつものどんよりとした声ではなく、はっきりとテキパキ答えるのだ。それはそうだ、頭に異常はなく、二十日間の入院以来足腰が急に衰えてしまっただけなのだから。まだまだTさんの質問は続くが殆どクリアした。私の隣のKさんが爪が切れないとか、洋服の脱ぎ着もやっとだとか、助け船を出すので私もそうなんですと答えるが、本当に出来ないことはたったひとつ、入浴だけなのだ。

夫には平気で嘘をつくのに、他人には嘘ってつけないなあとつくづく思った。

酔い覚めの月はまあるく頬よせて

　三年も前になるだろうか、鎌倉の句会の二次会で焼き鳥屋に行った。金髪のポニーテールの兄さんが、客の注文を聞きながら一人で焼いている。メモも取らず、聞き直すこともせず、注文どおりの品がすっと客の前に運ばれる店だった。そこに、白地に黒の花柄のシャツ、髪はシルバーグレーのそれはそれはいい男はんがやってきて、私の正面に座った。もう金髪の店員も焼き鳥もどうでもよくなってしまい、しばらく男はんに見とれていた。すると、四十歳くらいか派手さの一つもないきれいな女性がやってきてすっと彼の隣に座った。二人は言葉を交わすことも無くビールを飲み干すと二人で店を出て行った。

　鎌倉に行く度、彼を探す日が続いた。三年間で三回彼を見かけたが、ドキドキするばかりで、あっという間に見失っていた。逢えないと恋は募るばかりで抑えようがない。ある夜、炉端焼き店にいくと、そう、彼が炉端で焼いている。店主だった。あまりの驚きに三年間の恋が冷めてしまった。

リンゴ送りました好きだから

弘前にリンゴ農園を夫婦でやっている友がいる。

リンゴの他に亭主は「ねぷた絵」や舞台美術の仕事をしている。と言うと聞こえはいいが、よほど気が向かないとねぷた絵を描く以外は殆ど働かない。鋭い目を知らなければ、ただのおっさんである。こんな亭主を好きなようにさせているのが何もかも一人でこなす元女優の奥方。彼女は、若いときからの舞台活動を忘れることなく今でも一人芝居の公演を年に何度か続けている。

ここのリンゴは最低限の農薬にこだわり、働き者の妻と怠け者の夫の愛情を肥料に育てられている。そんな大好きな彼らのリンゴを、私は大切な、大好きな人に贈っている。

　リンゴ送りました好きだから

他人が何と言おうとこれは立派な俳句だと自負している。

俳句とエッセー　世界一の妻

2017年9月28日 発 行　定価＊本体1400円＋税

著　者　　らふ亜沙弥

発行者　　大早　友章

発行所　　創風社出版

〒791-8068 愛媛県松山市みどりヶ丘9－8
TEL.089-953-3153 FAX.089-953-3103
振替 01630-7-14660 http://www.soufusha.jp/

印刷　㈱松栄印刷所　　製本　㈱永木製本

　ISBN 978-4-86037-253-8